Leo Lionni

Petit-Bleu et Petit-Jaune

Une histoire pour Pippo, Ann
et tous les enfants

l'école des loisirs
11, rue de Sèvres, Paris 6ᵉ

Texte français : Adolphe Chagot

© 2011, l'école des loisirs, Paris, pour la présente édition
dans la collection «Minimax»
© 1970, l'école des loisirs, Paris, pour l'édition en langue française
© 1959, Leo Lionni
Titre original : «Little Blue and Little Yellow»
Loi numéro 49 956 du 16 juillet 1949 sur les publications
destinées à la jeunesse : septembre 1970
Dépôt légal : novembre 2011
Imprimé en France par CPI Aubin Imprimeur

ISBN 978-2-211-20633-4

Voici Petit-Bleu.

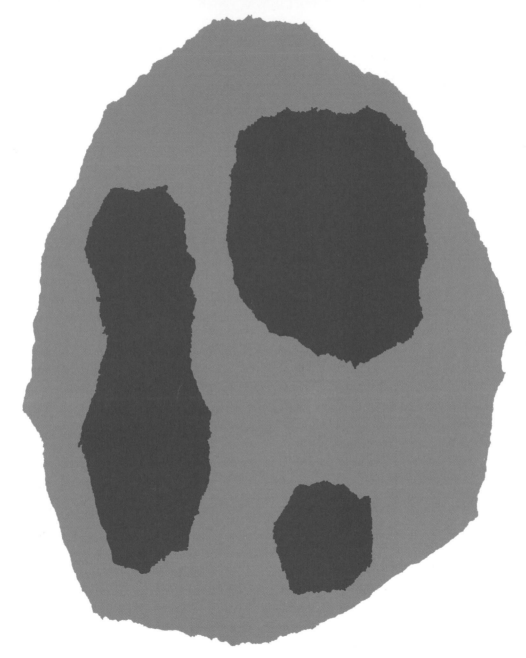

Il est à la maison avec Maman-Bleu et Papa-Bleu.

Petit-Bleu a beaucoup d'amis.

Mais son meilleur ami c'est Petit-Jaune

qui habite dans la maison d'en face.

Ils aiment jouer à cache-cache

et faire la ronde.

En classe, ils doivent rester tranquilles et sages;

mais après la classe ils courent et sautent.

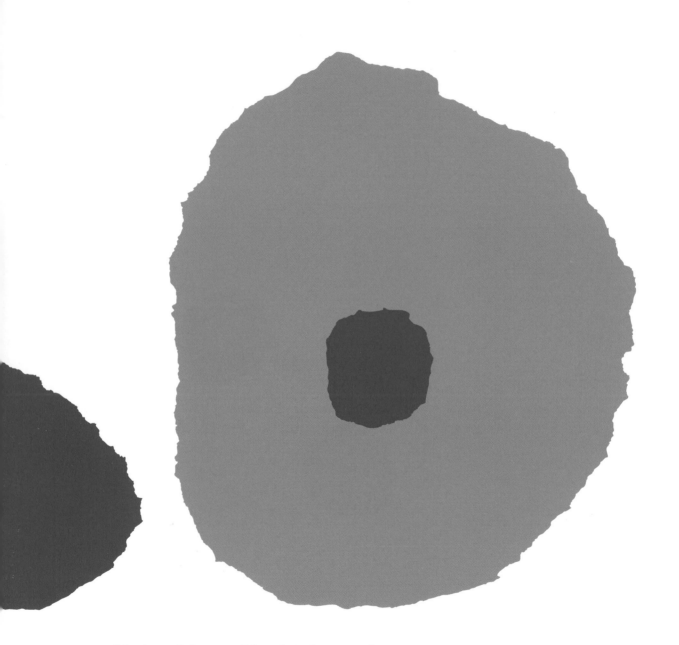

Un jour Maman-Bleu lui dit : « Je dois sortir ; attends-moi à la maison. »

Mais Petit-Bleu veut jouer avec Petit-Jaune et il va le chercher dans la maison d'en face.

Mais la maison est vide.

Où est Petit-Jaune ? Il le cherche par-ci,

il le cherche par-là,

il le cherche partout… jusqu'à ce que, soudain, à l'angle d'une rue…

Le voilà !

Tout heureux, ils s'embrassent.

Ils s'embrassent si fort...

... qu'ils deviennent tout verts.

Ils vont s'amuser dans le parc,

ils creusent un tunnel.

Ils rencontrent Petit-Orangé.

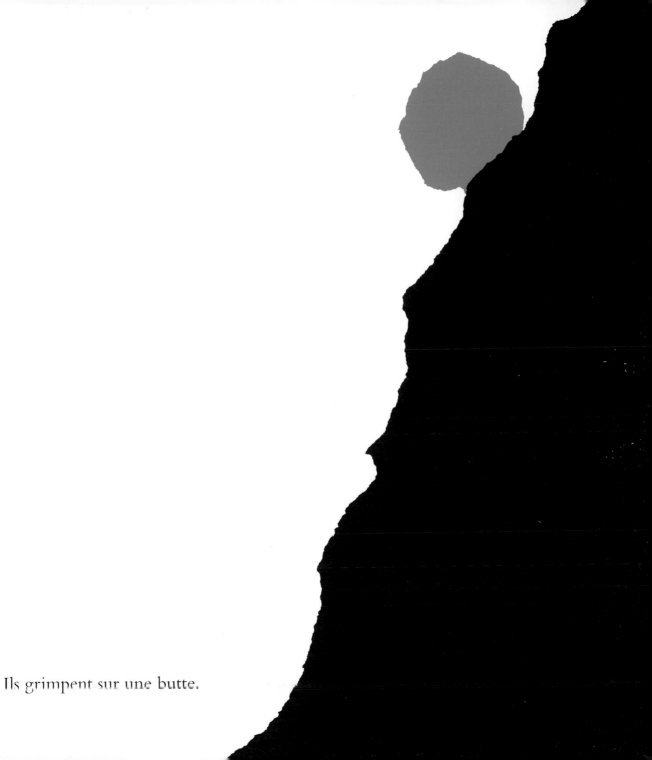

Ils grimpent sur une butte.

Et quand ils sont fatigués,

ils rentrent à la maison.

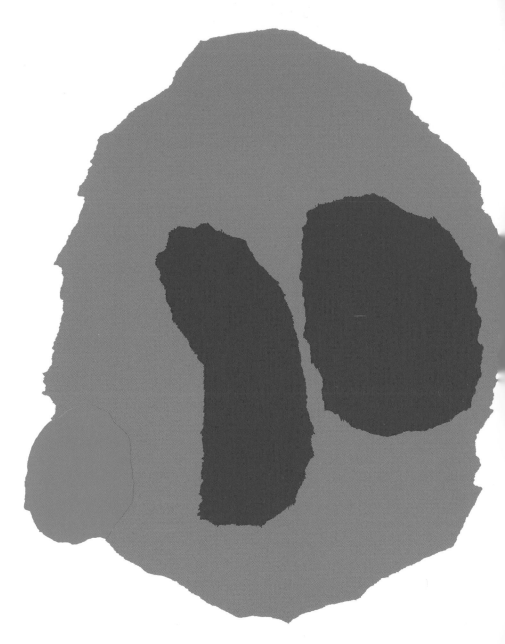

Mais Papa-Bleu et Maman-Bleu disent : « Tu n'es pas notre Petit-Bleu, tu es vert ! »

Papa Jaune et Maman-Jaune disent : « Tu n'es pas notre Petit-Jaune, tu es vert ! »

Petit–Bleu et Petit–Jaune sont très tristes. Ils versent de grosses larmes jaunes et bleues.

Ils fondent en larmes jaunes et bleues.

Enfin remis de leurs émotions, ils se retrouvent comme avant.
« Nous reconnaîtra-t-on à présent ? »

Maman-Bleu et Papa-Bleu sont heureux de revoir leur Petit-Bleu.

Ils l'embrassent et le serrent très fort.

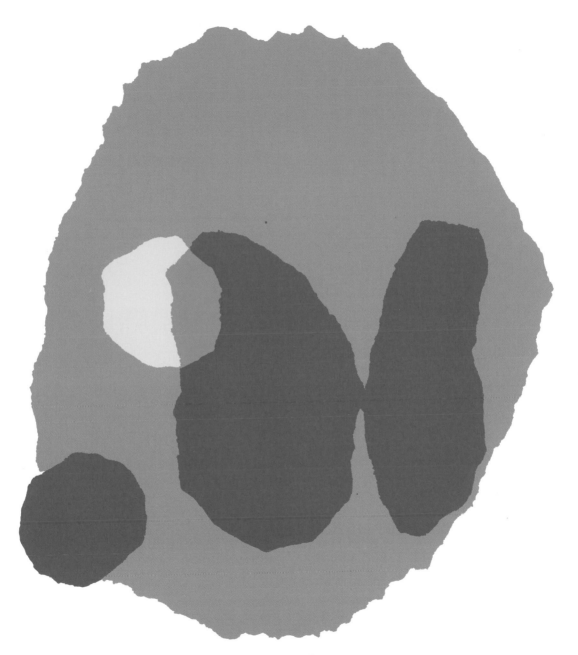

Ils embrassent et serrent très fort aussi Petit Jaune.
Mais voilà que dans l'embrassade ils deviennent verts !

Alors ils comprennent ce qui est arrivé.

Ils courent à la maison d'en face porter la bonne nouvelle.

Tous s'embrassent avec joie.

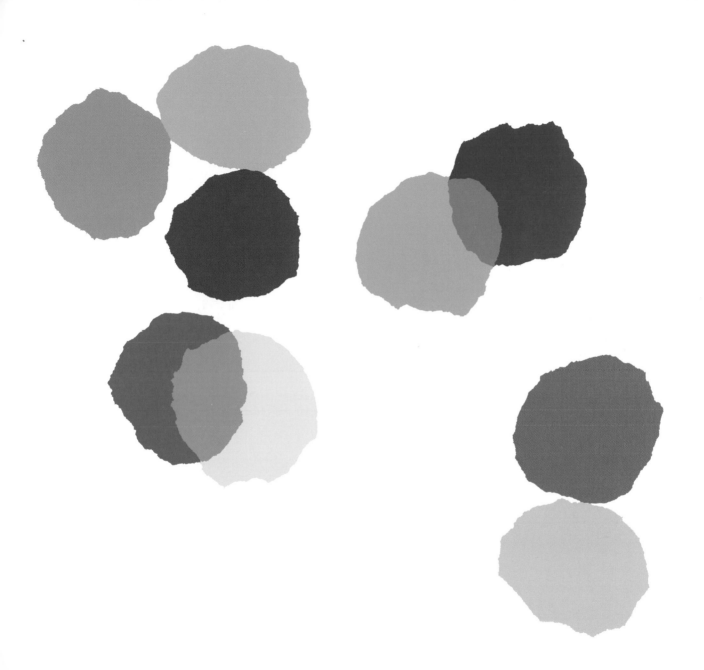

Et les enfants s'amusent jusqu'à l'heure du dîner.

FIN